의화단

소녀의
전쟁

모든
전쟁에는
두 개의
얼굴이
있다

의화단

소녀의 전쟁

진루에양

윤성훈 옮김

ㅂㅣㅇㅏㅂㅜㄱ
ViaBook Publisher

한국어판 서문

몇 년 전 아내와 함께 처가 쪽 친척들을 만나러 서울에 다녀온 적이 있다. 한국 방문은 그때가 처음이었는데, 당시 대한민국 수도의 아름다운 모습에 나는 깊은 감명을 받았다. 장인어른께서는 종종 전쟁의 폐허 위에서 보냈던 어린 시절 이야기를 해주신다. 먹을 것은 부족하고, 가족은 뿔뿔이 흩어지고… 수세식 화장실이나 냉장고 등 현대인들이 당연시하는 문명의 이기는 꿈도 꿀 수 없었던 시절의 이야기다. 장인어른의 기억 속 한국이 지금의 모습으로 탈바꿈되어 있었다. 그것도 단지 한 세대 만에. 대단한 성취다.

한국인들은 몇 십 년에 걸친 고된 노동과 독창적 작업, 그리고 희생을 통해 이러한 변화를 이뤄낼 수 있었다. 동시에 서구 국가들 및 서양 문화와 새로운 관계를 만들어 나가야 하는 어려운 과제 앞에 놓여 있었다. 타이베이, 베이징, 홍콩 등 다른 동아시아 주요 도시들과 마찬가지로 오늘날의 서울은 동과 서의 융합체다. 쓰는 말과 사람들 자신은 동양에 속하지만, 입는 옷, 사는 집, 종교적 행위, 그리고 음악 등은 모두 명백히 서양의 영향을 받았다. 거리에서는 영어가 섞여 있는 간판을 쉽게 볼 수 있다.

이러한 동과 서의 융합이 본격화된 것은 유럽인들이 동아시아에 강한 영향력을 행사하기 시작한 19세기로 거슬러 올라간다. 그러나 이후의 역사는 동아시아 사람들에게 대개 비극으로 귀결되었다. 한국 역시 제국주의의 크나큰 상처를 안고 있다. 중국인들은 아직도 이 시기를 '국치(國恥)의 백년 간'이라고 부른다.

이 책의 주제인 의화단운동도 '백년국치'* 기간 중에 일어났다. 중국계 미국인으로서 나는 학교에서는 서양식으로 지내고 집에서는 동양식으로 자랐다. 의화단운동에 대한 책을 쓰면서 나는 동과 서가 처음에 어떤 식으로 조우했는지 이해할 수 있었는데, 이는 내가 나의 뿌리를 이해하는 한 방편이 되었다. 이 조우의 양상과 의미를 탐색하는 것은 나뿐만 아니라 동양과 서양의 문화가 걸쳐져 있는 모든 곳에서 중요하고 또 필요한 작업이 아닐까 생각한다.

나는 의화단운동에 대해 조사하면서, 어느 편에 속했건 이 사건에 얽혔던 모든 사람들이 얼마나 인간적이었는지 알게 되었고 이에 큰 감동을 받았다. 그들은 상대에게 끔찍한 폭력을 저질렀다. 하지만 그 마음은 한가지였다. 자신의 운명을 스스로 결정하고, 자신들 삶의 양식과 문화적 정체성을 온전히 유지하고자 소망했던 것이다. 나는 의화단원들과 그들의 적인 중국인 천주교도들 양

측 모두에게 연민을 느꼈다. 이것이 내가 이 주제를 두 권의 책으로 작업한 이유다. 한 책의 주인공이 다른 책에서는 주인공의 적이 된다. 이것은 어쩌면 종료된 사건이 아니라 지금도 계속되고 있는 이야기일지 모른다.

그럼에도 나는 동과 서가 균형을 이룰 것이라 믿는다. 생기 가득하고 아름다운 오늘날의 서울이 그 가능성을 증거하고 있다. 동아시아인들은 서구 문명을 그들의 삶 속에 다양한 양태로 녹여 넣을 적절한 방도를 찾아내 왔고, 이는 번영과 희망을 가져다주었으니.

독자 여러분께서 내 책을 즐겁게 읽어주기 바란다.

진루엔 양(Gene Luen Yang, 양근륜楊謹倫)**

역주

* 백년국치(百年國恥) : 중국이 서구 및 일본 제국주의의 침탈을 겪었던 약 한 세기 간의 기간을 지칭하는 말. 대략 19세기 중반인 1839년의 아편전쟁으로부터 제2차 세계대전 후 중화인민공화국이 수립된 1949년까지에 해당한다.
** 저자의 이름은 표준중국어로 '양 진륀'이라 발음되지만, 저자 본인의 발음 및 영어 표기를 존중하여 '진루엔 양'으로 표기한다.

차례

第一章

여덟 살

11

가장 어렸을 적 기억은 놀거나 웃거나 운 기억이 아니라, '소망'에 대한 거야. 난 할아버지가 나를 좋아해주기를 갈망했어.

할아버지는 사촌 큰오빠인 충 오빠를 가장 아꼈어.

충 오빠는 잘생기고 키도 컸어.

아무리 굵은 장작도 도끼질 한 번만으로 쪼갤 수 있었지.

잘한다!

쩌걱쩌걱

WACK!
쩍!

할아버지는 종종 충 오빠와 함께 술을 마셨어.

내가 충 오빠처럼 할 수 있다면, 할아버지가 날 좋아해줄 텐데.

함께 술도 마실 수 있을 테고… 아마 제대로 된 이름도 지어줄지 몰라.

12

어느 날 아침, 아니 어쩌면 아직 밤이었는지도 몰라. 나는 물을 긷고 닭 모이를 주는 시간도 안 돼서 일어났어.

장작 패는 연습을 하기 위해서였지.

WACK! 쩍!

WACK! 쩍!

WACK! 쩍! WACK! WACK! WACK! WACK!

해가 뜰 무렵에는 손이 온통 땀으로 젖고 부어올라 거의 감각이 없었어. 내 손이 아닌 것 같았지.

이 손은 이제 충 오빠의 손이다. 정말 그렇다. 충 오빠의 손이 할 수 있는 일이라면 이제 이 손들도 할 수 있을 거다…

넷째야, 어디 갔었니? 못된 것 같으니라구. 네가 없어서 일을 내가 다 했잖아!

엄마, 할아버지 어디 계셔? 내가 보여드릴 게 있는데.

할아버지는 바빠서 그런 쓸데없는 짓 볼 시간 따위 없으셔. 농땡이 그만 피우고 집안일이나 도와.

그럼 엄마가 와서 좀 봐줘요. 제발 부탁이에요.

이게 뭐니?

잘 보세요, 엄마.

이건 너무 작네. 그렇죠? 잠깐 기다려보세요.

14

아버님, 괜찮으세요?

토지공님…
도대체 어… 어떤
녀석이?!

그래서 내가 전에도 말하지 않았느냐. 이년에 대해서!

아버님, 너무 속상해하지 마세요. 얘는 단지 바보 같은 어린애일 뿐이에요. 제가 혼을 낼게요. 아주 혼쭐을 내줄게요!

저년한텐 마귀가 들렸어!

마귀!

마귀!

숲 속에 혼자 있게 되자,
나는 죽게 해달라고 빌었어.

염라대왕님,
절 이 세상에서 거두어가
주세요! 저는 죄가 많으니,
지금 거두어주세요!

죽여
주세요…

죽여
주세요.

이제 죽었다!

부스럭!

부스럭!

헉!

염라대왕님?

늘어빠진 너구리잖아!
네가 염라대왕님일 리 없지.
죽음의 신은 무시무시하게
멋진 분일 텐데, 넌 작고
추악하잖아!

!

저 쥐… 최소한 며칠은
저기 파묻혀 있었을 텐데!
너 설마 그걸…

역겨워!

그걸 보면서,
나는 어떤 깨달음을 얻었어.

세상에서 제일 형편없는
짐승이지만, 저 늙은
너구리는 울지 않잖아.

저 녀석은
자기 주제를 알고,
그걸 받아들인 거야.

그날 밤, 나도 똑같이
하기로 결심했어.

사람들 사이로 다닐 때면 난 언제나
그 얼굴을 했어. 그래서 사람들에게
마귀가 나타났다는 사실을 똑똑히 알렸지.

하지만 사람들은 날 그저
예의 없는 어린아이로 취급할 뿐이었어.

第二章

여덟 살

내 얼굴에 대해 몇 주 동안 여러 사람에게 싫은 소리를 듣게 되자 어머니는 어떻게든 해야만 했어.

으악!!

작은어머니.

놀라서 완전 죽을 뻔했다니까!

둘째 작은어머니.

쟨 뭔가 문제가 있다니까요, 형님!

셋째 작은어머니.

얼굴만 문제가 아니라 머릿속이 문제지요!

사촌 링.

그 애 눈을 쳐다볼 수도 없어요.

덜덜

사촌 충.

장터에 데리고 나가서 공연을 시키고 돈을 받죠!

사촌 푸.

마귀!
마귀야!

할아버지.

어쨌든 뭔가 조치를 취해야 해요.

이웃 아줌마.

하지만 어떻게요?!

쿨쿨

넷째야!

아!

너로구나.
늙은 너구리.

그 침쟁이는 위험해.
위험한 자라구!

그자는 너의 마귀 같은
얼굴뿐 아니라 네 사악한
본성마저 없애버릴 거야!
그러면 너는 빈 껍데기에
불과했던 예전의 너로
돌아가겠지.

아아!
난 껍데기로
살긴 싫어!

네 얼굴을 돌처럼 굳혀야 해! 그자에게 갔을 때 얼굴 근육 하나라도 풀면 안 돼!

그래, 꼭 그렇게!

좋아! 그자가 너한테 바늘을 아무리 많이 꽂아대도 절대 지면 안 돼!

돌처럼 말이지? 돌이라…

잠깐.

바늘?

그자에게 지면 안 돼. 넷째야! 지면 안 돼!!

엄마와 나는
다음 날 아침 일찍 길을 나섰어.

...

엄마, 침쟁이가
진짜로 내 얼굴에
바늘을 꽂는 거야?

그래, 다 널
치료하기 위해서야.

덜덜

돌처럼…

원 선생님이시죠? 제 딸아이의 얼굴을 고쳐줄 수 있으신지요.

글쎄요. 먼저 증상이 어떤지를 보아야…

아, 알겠습니다.

이 애를 좀 진찰해주세요. 근데 진료비로는 작은 떡 몇 개밖에 드릴 수가 없어서… 그게 저… 저희 집안이…

휴~ 제가 달리 드릴 게 없어서요.

진료비 문제는 나중에 이야기하시죠, 부인. 들어오거라, 얘야.

자, 가보거라, 넷째야.

슬쩍!

철컥!

그자가 너한테 바늘을 아무리 많이 꽂아대도 절대 지면 안 돼!

바늘!

헉!

넷째라고 했지? 앉거라.

자, 네 얼굴이 왜 이렇게 된 건지 이야기해보렴.

돌처럼!

…

음…

인간의 머리에는 일곱 개의 구멍이 있단다. 눈 둘, 콧구멍 둘, 귀 둘, 입 하나. 그런데 일곱 구멍 전체가 이리 심하게 일그러지는 병이 도대체 뭘까?

모르겠네…

히히!

헉!

아차!

아하!
웃으니 나았구나! 종종
일어나는 일이란다.

자, 넷째야. 이제 다시는 그런 얼굴을 하지 않겠다고
약속하거라. 어머니가 걱정하시지 않니.
약속하지?

네,
선생님.

나가면서 내가
치료비를 달라고 하면,
이 동전 두 닢을 내가 들고
있는 단지에 넣거라.

다른 사람들이
네가 공짜로 치료받았다고
생각하지 않게 말이야. 알았지?
그러면 내가 먹고 살 수가
없으니까.

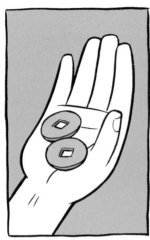

휴~

넌 약속을
지키지 않았어.

어떻게 내가 버틸 수 있었겠어?
그 침쟁이가 마술을 부렸다구! 마술!

넌 얼굴을 돌처럼
하겠다고 맹세하고서는
그걸 지키지 않았어!

그래서 이렇게 돈을 훔쳐왔잖아!
도둑질보다 사악한 짓이
어딨어?

넌 내가 만난
마귀 중에서
제일 한심해.

그 후로 나는 다시
마귀 얼굴을 하지 않았어.

그러자 나를 눈여겨
보는 사람은 없어졌지.

이듬해 봄,
나는 엄마와 함께 장에 갔어.

너무 멀리 가진 말거라.
물건 살 때 네가
도와줘야 해.

하느님을
섬기시오! 신은
오직 한 분이시오!

이는 예수의
복음이오!

CRASH!
와장창!

저런!

저런
사악한 놈 같으니!
응징해야 해!

그는 토지공을 박살냈어.
나와는 달리 자기 의지대로…

마귀다.

너구리야!

너구리야!

여기 있었구나!

좋은 소식이야! 난 가장 위대한 마귀가 될 거야!

오늘 오전에 서양 마귀가 신도들을 거느리고 장터에 왔었어.

그 신도들은 모두 침을 맞은 제물 조각상을 목에 걸고 있었어. 원 선생님 책상 뒤에 걸려 있던 것과 똑같은 거 말야!

이게 다 무슨 뜻이겠어?

원 선생님이 바로 서양 마귀의 신도였던 거야! 가서 양귀(洋鬼)*의 도를 가르쳐달라고 해야겠어!

내가 마귀가 되면 내 피부색이 양귀처럼 허예질 거야! 코는 오이처럼 커지고, 몸에서 막 털이 자라나겠지! 또 턱에선 수염이 자라 땅까지 닿을 거야!

자, 어때?

!

똑똑히 봐둬, 너구리야! 난 세상에서 제일가는 마귀가 될 거야!

그러면 널 잡아서 구워먹을 거야! 마귀란 그래야 하는 거니까! 조심해, 너구리야!

너로구나.

다시 왔어요.

이제 양심에 따라 착한 사람이 되기로 했느냐, 어린 도둑아? 훔친 걸 돌려주려고 찾아왔니?

아뇨.

저것에 대해 알고 싶어서요.

?

너… 네가 예수 그리스도에 대해 알고 싶다고?

복 받거라, 어린 친구여! 들어와라, 들어와!

신앙에 대해 물어보는 사람은 좀처럼 없거든. 어린아이는 말할 것도 없고.

대개의 사람들은 내가 예수 그리스도 이야기를 하면 무관심하거나, 심지어 싫어하기도 한단다.

넌 정말이지 비상한 영적 감수성을 갖고 있구나, 넷째야!

40

난 양귀에 대해 알고 싶어요.

하하. 천주교도라고 한단다.

부인! 부인!

일할 땐 방해하지 말라면서요.

하하, 부인. 이 어린 친구가 예수 그리스도에 대해 물어보잖소. 이야기할 동안 먹을 다과를 좀 내와 주구려.

안녕 하세요.

…

뭐가 좀 있나 볼게요.

천주교의 세계란 워낙 방대해서, 어디서부터 이야기를 꺼내야 할지 모르겠구나, 하하.

성인의 전기? 토마스 아퀴나스의 《신학대전》? 아냐, 마테오 리치의 《천주실의》가 낫겠어.

아, 내가 너무 앞서 나갔군. 물론 가장 기초부터 시작해야겠지.

과자 좀 들거라.

고맙습니다.

으...응...

에헴

잘 듣거라, 넷째야. 이제 시작하마.

하나님의 아들, 예수 그리스도의 복음이 어떻게 시작되었는지를!

선지자 이사야의 글에 "내가 내 사자를 네 앞에 보내노니, 그가 너의 길을 예비하리라." 하는 말이 나온단다. 그리고 황야에 세례 요한이 오셨어.

와사삭 와사삭

그리고 마침내 나사렛 예수가 나셨지.

얼마 동안 잠들어 있었는지 모르겠네.
아마 꽤 오랫동안이었을 거야.

원 선생님이 다른 환자를
보고 있을 때 나와버렸지.

쯧쯧.

마귀 이야기가 그렇게 재미없을 줄
누가 알았겠어.

와삭
와삭

하지만
과자 맛은
기가 막혔어.

대체 어디 갔었던 거야?
집안일이 뭐 저절로
되는 건 줄 알아?

휴~ 이게 마지막인데.

우적우적

똑똑

넷째 아니냐!

네가 다시 찾아올 줄은 몰랐다. 내가 복음의 힘을 과소평가한 모양이로구나!

과소평가… 하셨죠.

엄마… 작은어머니… 무슨 일이에요?

어디 갔었어?

무슨 일이냐고?! 무슨 일은 너한테 있지!

네가 집안일을 하지 않으면 우리가 해야 하잖아!

네 할 일을 다 잊은 거야?

정말 죄송해요. 내일 다 할게요. 내일은 두 배로 할게요.

척

47

버릇없는 것!
너 때문에 우리 집안에
화가 미쳤다.

네 아비 대신
네가 죽어야 했어!

바로 너 말야,   너!

침쟁이한테 간 건 어떻게 됐어?
그래서 좀 더 훌륭한 마귀가 됐어?

날 내버려 둬.

마귀는 울지 않아.
마귀는 저 바닥 모르도록
깊숙한 데서 나오는 웃음을
실컷 웃지.

마귀는 맞지 않아.
마귀라면 때려야지.
꼬집고, 발로 차고,
마술을 부리고.

할아버지를 때리거나 꼬집거나 발로 찰 수는 없었다.
그러나 사악한 말 몇 마디라면? 사악한 춤을 추거나
사악하게 손을 흔들어주는 것은?

그 정도는
할 수 있었다.

할아버지에게 저주를 걸었을 때, 난 우선 기분이 좋아졌어.

내가 원했던 건 그저 기분이 좀 나아지는 것뿐이었지.

그뿐이었어.

주문을 걸고 나서 이틀 후, 할아버지 코에서 피가 나기 시작했어. 피가 계속 흘렀지.

피는 강물처럼 계속 흘렀어. 엄마도, 작은어머니들도, 왕진 온 의사도 멈추지 못했지.

할아버지는 끝내 세상을 떠났어.

마귀여!
진정한 마귀로다!
당신께 절을
올립니다!

第三章

아홉 살

그러나 그들이 찾아갔을 때,
무덤 앞의 커다란 바위가
치워져 있는 게 아니겠니!

!

할아버지 상을 치르는 기간에
맛있는 음식을 먹어도 되는지
알 수 없었지만
무슨 상관이겠어? 어차피
할아버지를 다시 살려낼 건데.

숲 속 빈터에 비쩍 마른 소년이 서 있었어. 살다 살다 그렇게 마른 사람은 처음 봐. 금속 갑옷을 입고 있었는데, 밝은 모닥불에 비친 모습이 마치 그림 같았지.

헉!
양귀잖아!

어서 와.
이리 앉아.

헉!
여자
양귀네!

배고프니?

배고파 죽겠어!
하루 종일 아무것도
못 먹었거든.

움! 냄새보다 맛이 더 기막힌걸! 무슨 고기야?

숲을 쏘다니며 못된 짓을 일삼는 늙은 너구리가 있기에 내가 잡았지.

넌 누구지?

!

팟!

우웩!

56

KNOCK!
KNOCK!
똑똑!

넷째야! 하하! 네가 아예 가버린 줄 알았지 뭐냐! 복음의 힘이 널 다시 여기로 데리고 왔구나!

아… 네…

선생님, 어떤 마귀가 찾아왔었어요. 양귀가 아니라 진짜 마귀요! 연기가 돼서 사라져버렸어요…

…제 마음속에 무거운 짐을 남겨놓고요…

아마도 할아버지를 죽였다는 죄책감 때문이었겠지만 그런 이야기까지 할 필요는 없겠지.

나는 소년인지 소녀인지 모를 마귀에 대해 자세히 이야기했어.

흐음… 그게… 뭐라 말해야 할지…

긁적 긁적

뭐라고 말하겠어요? 이 애는 횡설수설 미친 소리를 하는 거라구요! 신부님에게 데리고 가야지요!

우적 우적

베이
신부님.

원 선생!
교리문답은 내일일세.

장터에서 본···
토지공을 부순
양귀였어!

가까이서 보니 더 추한 데다
땀과 먼지 냄새도 났지.

베이 신부님, 이 아이는 넷째랍니다.
아주 비상한 영적 감수성을 가졌지요.
이 애에게 신부님의 지혜를
빌려주시지요.

얘야,
내가 어떻게
도와줄까?

부끄러워할 필요
없다. 베이 신부님은
좋은 분이셔.

그래서 나는 원 선생님에게 했던 이야기를
다시 했어. 이번엔 좀 더 자세하게.

그 양귀의 눈이 커지는 걸 보니,
뭔가 만족스러운 구석이 있는 듯했어.

ꭐꭓꭔꭐ ꭐꭐꭓꭔꭐ ꭐꭓ꭮ꭐ ꭔꭐ꭮ꭓꭐꭔꭐ! *

뭐라고요?

* 오를레앙의 처녀!

내 고국 프랑스의 농민 출신 성녀인 잔 다르크 말이란다. 대략 400여 년 전 사람이지. 너보다 그리 많지도 않은 나이에 사형되었어.

그래요, 그녀는 성인 이지요!

아니오. 가톨릭교회에서 그렇게 인정한 것은 아니오. 하지만 아마도 언젠가는 그렇게 되겠지요.*

신부님, 그렇다면 그 잔 다르크가 넷째에게 나타난 건가요?

잔 다르크가 널 식사하라고 초대됐지? 그건 아마도 너를 성당으로 인도한다는 뜻일 게다.

그 순간 나는 깨달았어. 오랫동안 소원해왔던 것이 마침내 이루어진 거야. 나는 제대로 마귀가 될 수 있는 초대장을 받은 거였어.

* 교황청이 잔 다르크를 성인으로 시성한 것은 1920년의 일이다.

할아버지 장례식이 끝나고 몇 주가 흐른 뒤, 작은아버지가 유산 정리를 하러 오셨어.

나는 작은아버지에 대한 기억이 거의 없어. 내가 막 걸음마를 뗄 무렵 무역을 하러 멀리 떠났었대.

아버지! 안녕하셨는 지요?

류! 내가 없는 동안 어른이 다 되었구나!

아버지, 저는 충입니다. 류 형님은 다섯 살 때 배탈이 나 돌아가셨어요.

작은아버지는 낯설었어. 그리고 과묵했지. 말을 할 때면 항상 미간을 찌푸렸고, 입꼬리는 아래로 내려갔어.

흠…

곧 모든 어른들이 작은아버지처럼 말하기 시작했어.

모두들 신경 쓸 일이 많아지고 내게 호통칠 겨를이 없어져서 너무 좋았어. 나는 내키는 대로 나다닐 수 있게 되었지.

너구리의 유해를 찾아 나섰어. 제대로 된 장례를 치러주고 싶었거든.

다리 살이 한 입 베어 뜯긴 너구리의 유령이 나한테 찾아 오는 건 싫었으니까.

!

?!

그녀를 알아보기까지 시간이 좀 걸렸어.

잔 다르크!

그녀는 처음 만났을 때보다 훨씬 젊었고, 훨씬 더 여성스러웠어.

옆에는 내가 지금껏 본 중 가장 창백한 남자가 서 있었어. 얼굴이 너무 창백해서 종잇장에 이목구비를 마치 먹으로 그려 넣은 것 같았지.

* 신이시여, 괴롭습니다. 제가 어릴 적에 그들이 우리 마을에 쳐들어왔습니다. 그들이 어떻게 생겼는지를 보았습니다… 무슨 짓을 했는지도 보았습니다!

* 두려워하지 말거라, 신의 딸이여! 신과 함께라면 불가능한 일은 없다.

** 전 그들에게 대항할 수 없습니다. 전 가난하고, 못 배운 여자일 뿐이에요.

이렇게 작고 겁 많은 소녀가 어떻게 갑옷을 차려입은 여장부가 될 수 있었을까?

그들의 대화는 한 마디도 알아들을 수 없었지만, 잔 다르크의 얼굴에 어떤 표정이 떠오르는 것을 보았어. 내가 그토록 갈구하던 표정이…

* 잔 다르크여, 그대는 신을 믿는가?

그녀의 얼굴엔 어떠한 회한도 없었지.

* 네!

62

나는 성당으로 돌아가서
마귀 수련을 시작했어.

좁고 습기 찬 교실에는
나 말고도 소녀 몇 명이
더 앉아 있었지.

원 선생님 부인이 교리
문답을 맡았어.

자, 여러분.
여러분은 지금 왜
여기에 와 있지요?

여러분이 할 일에서 몇 시간만이라도
벗어나 있기 위해서인가요? 아니죠.
그러면 새로운 친구들을 사귀려고
온 건가요? 아니지요. 여러분은
복음, 오직 복음을 듣기 위해
여기에 왔습니다.

만약 햇빛이 사라진다면 온 세상은
어두워질 테지요. 만약 물을 주지 않으면
꽃은 시들어 죽어버릴 테지요. 마찬가지로
그리스도에게 마음을 열지 않으면,
여러분은 신께 다가갈 수 없습니다.

질문 있나요?

얘기 들으면서 먹을
과자는 없나요?

없습
니다.

63

그래도 수업 후엔 항상 점심을 대접받았으니,
견딜 만한 가치는 충분했지.

넷째야,
같이 먹을까?

좋아요,
원 선생님!

아내 말로는
네가 교리문답을 아주
잘하고 있다더구나.

정말요?

음… 아니,
그게… 분명 그런 뜻으로
이야기하려고 했을 거야.

긁적
긁적

네가 질문이 많은 건
알고자 하는 욕구 때문이란다.
신을 알려면 탐구심이 필요하지.

년 아주 훌륭한 여자아이란다. 내가 만났던 교리문답 학생 중 가장… 그 뭐더라… 내가 지난번에 뭐라고 했지?

굵직 굵직

영적 감수성이요.

내 입으로 말하자니 꽤 쑥스러웠어.

그래, 맞아! 너한테 나타났다는 그 서양 성녀에 대해 생각해 봤는데… 이름이 뭐였더라?

잔 다르크요.

맞아! 내 정신머리하고는… 안됐지만 잔 다르크는 아직 정식으로 성인이 된 건 아니라서, 그 이름을 고를 수는 없을 것 같아. 하지만…

잠깐만요. 이름을 고르다니요?

!!!

베이 신부님이 이미 주의를 주었을 텐데, 이 아편쟁이야! 나쁜 짓을 하지 않아야 여기 올 수 있다고 말야!

닥쳐, 이 여편네야! 밥이나 내놔!

잠깐 갔다 오마.

66

진심으로 회개하거든 다시 오라구!

그놈의 신앙도, 아편도, 다 털북숭이들이 가져온 거잖아! 그중 하나로 다른 하나를 심판하는 건 웃기는 일이야!

어이, 유 씨! 서양인들한테서 선한 것은 취하고, 악한 것은 취하지 않아야 하지 않겠소?

원 선생이 나서서 저 수다쟁이 마누라 편을 들어주시겠다는 건가? 그렇담 당신 머리통을 반으로 쪼개주지!

아, 유 씨 주먹이라면 물론 그럴 수 있겠지요. 하지만 그 전에 먼저 물어봅시다. 댁네 동생은 요새 어때요? 내가 치료해준 다리는 좀 나아지셨소?

…

이젠 그렇게 아프지 않다고 하더군.

잘됐네요! 걸을 수 있으려면 아마 한두 번 더 진료를 받아야 할 겁니다.

자, 이제 머리를 쪼개시지요.

위험하게 뭐 그렇게까지 해요…
맘에 안 들어…

너무 걱정할
필요 없소, 부인.

괜찮으세요,
원 선생님?

그래!

그런데 어디까지
이야기했지? 네가 뭘
물어보지 않았니?

이름을 고른다…고
하셨어요.

그래! 성당에서 세례를 받으면
넌 '새 이름'을 갖게 돼.

네 죄도 용서되고,
새 삶을 살게 되는 거지.
그때부터는 새로운
이름으로만
불릴 거야.

성당에서 예전에 돌아가신 성인들의
이름을 여럿 추천해줄 거야. 그러면
네가 그중 하나를 고르는 거지.

내 죄가
용서되고…
새 이름을
얻는다고?!

에헴.

잘 있었니, 얘야.
교리문답 수업은 어떠냐.

좋아요.
점심도
맛있구요.

세례를 받으면
신이 우리 죄를
용서해주신다는 게
사실인가요?

물론이지.
원 선생 부인이
이야기했을
텐데…

확실히 하고 싶어서요.
정말 모든 죄를
용서해주시나요?
아무리 나쁜
짓도요?

하느님은 그 독자의
보혈로 우리 죄를
사해주셨다. 그 용서엔
한도가 없단다, 얘야.

그러니까… 음…
자기 할아버지를
죽인 사람도요?

오쳐오※字오
쳐\\\\ @쳐야! *

얘야, 그러니까
네가…

* 오, 성모 마리아여!

69

아뇨, 아뇨, 제가 아니에요! 어떤 사람이요! 어떤 사람이 자기 할아버지한테 마법을 걸어서 할아버지를 죽게 했다고요.

마법이라고 했니?

네, 마법이요.

마법은 가장 전형적인 이교의 미신이지.

어떤 사람의 죽음을 바라는 것은 창조주의 얼굴에 침을 뱉는 거다! 특히나 자기 가족의 죽음을 원하는 건 더 그렇지.

…

제 질문에만 답해주세요.

이미 대답했다. 예수의 보혈에는 한계가 없느니라.

하지만 네가 말한 '그 사람' 은 당장 그런 행위를 중지해야 해!

네, 신부님!

그리고 자기 자신의 일을 다른 사람의 일처럼 말해버릇 하면, 거짓으로 증언하는 죄를 범하는 거란다!

안녕히 계세요, 신부님.

흠…

충 오빠, 이것 좀 읽어줄래요?

루시, 아가타, 마샤, 안나, 비비아나…

비비아나! 그게 좋겠다!

이게 뭐냐?

원 선생님이 주신 이름들이에요.

하나같이 괴상하네. 도대체 뭐에 쓸 건데?

다른 사람한테는 이야기하지 않겠다고 약속할래요?

난 천주교도가 될 거예요.

* 더러운 귀신아, 그 사람에게서 나오라.
위안자이신 성령에게 자리를 내어주라.

* 지혜의 소금을 받으라.
너는 이 소금으로 속죄되어
영생을 얻으리로다.

세례단 위로 머리를
숙이거라, 얘야.

73

* 하느님 아버지와

* 그의 아들과

* 성령의 이름으로 세례하노라.

잔 다르크!

움직이지 마! 거의 다 됐어!

그런데, 그런데 이게 다 뭐하는 거지?

마침내 네가 새 이름을 얻은 거야.

비비아나.

축하한다, 넷… 아니, 하하.
용서하거라. 축하한다, 비비아나!

고마워요,
원 선생님!

너의 새로운 삶을
축하하기 위해 저녁
식사를 준비했으니
와줬으면 한다.

고마워요, 선생님!
하지만 가봐야 해요.
오늘 하루 종일 집 밖에
나와 있었거든요.

비비아나!

너를 위해
만들었다.

작은 아버지!

넷째야, 충 말이 사실이냐? 네가 양귀의 신도가 되었다는 게?

네.

자, 어서 하거라.

SLAP!

계속하거라. 내가 그만하라고 할 때까지.

넷째야.

이걸 눈에 대고 있어.

네 아버지가 어떻게 돌아가셨는지 모르지?

어릴 적에 너는 묻고, 묻고, 또 물었었지. 하지만 가족 모두 말하지 않기로 했어. 특히나 할아버지가 살아 계실 때는.

네 아버지는 잘생긴 청년이었어. 그 활발한 성격은 아무도 못 말렸지.

아주 오래전, 그러니까 내가 아버지를 만나기 전에 아버지는 집을 나가 태평천국에 가담했었어. 태평천국의 난이라고 들어본 적 있니?

아뇨.

"태평천국은 홍수전(洪秀全)이라고…
과거에 낙방한 서생이 세운 종교 집단이란다."

"홍수전은 양귀가 쓴 《성서》란 책을 읽고 나서 자신이
예수 그리스도의 동생이라고 확신하게 되었어. 예수는
양귀가 믿는 신이야. 그리하여 거리에서 이러한 내용을
설파하며 열성적인 추종자들을 모았단다."

"홍수전과 그 무리는 청나라 조정에 반기를 들었고,
난징(南京)까지 점령하기에 이르렀단다. 난징을
거점으로 삼고는 같은 동포인 청나라 사람들을 상대로
피비린내 나는 전쟁을 벌였지."

"네 아버지는 홍수전의 신비한 종교에 끌린 나머지
천경(天京)*에서 몇 년 동안 난에 가담했단다."

"하지만 결국 청나라 군대가
홍수전과 그 무리들을 제압했지."

네 아버지는 목숨을 건졌지만,
천경의 기억 때문에 괴로워했어.
점점 불안해했고 소리를 지르며
잠에서 깨어나는 일도 많았지.

사람이 아주
망가져버린 거야.
그래서 나 같은 가난한
농민의 딸이 아버지와
결혼할 수 있었던 거지.

* 난징을 가리킨다.

"시간이 지날수록 상태는 나빠져만 갔어. 밤에 홍수전의 유령이 나타나 자기를 깔고 앉는다 하기도 했고."

네가 태어나기 몇 달 전쯤 아침에 일어나 보니 나무에 목을 맸더구나.

넷째야, 우리 중국 사람은 양귀의 종교를 믿으면 안 돼. 양귀의 믿음은 네 정신을 더럽히고 영혼을 파괴할 거야.

네 아버지를 잃고 나서 너무 힘들었어. 그런데 너까지 잃는다면 아마 난 더 이상…

제발 주위 사람들을 생각하렴.

내일 아침에 식구들에게 사과하거라. 특히 작은아버지한테.

일단 좀 쉬어.

80

비비아나!

잔 다르크!

넌 줄 알았어!
신께서는 참 아름다운 밤을
만드셨지 않아?
어디로 가는 거니?

아마
원 선생님한테…
잘 모르겠어.

확실한 건,
우리 집에는 이제
내가 있을 자리가
없다는 거야.

너는?

난 로베르 드 보드리쿠르*를
만나러 가려고. 우리 마을 근처의
군대 사령관이고, 지위가 높은 권력자
인데 신께서 도우신다면, 그가 나를
내가 필요로 하는 곳으로
데려가 줄 거야.

지위가 높은
권력자라…

* Robert de Baudricourt. 백년전쟁 당시 보쿨레르의 프랑스군 경비대 대장이었다. 보쿨레르는 잔 다르크의 출생지인 돔레이 인근.
보드리쿠르의 소개로 잔 다르크는 샤를 왕세자를 만날 수 있었다.

* 겉은 아름답지만 안은 더러운 것을 말한다. 《성서》 '마태복음'에 나오는 말이다.

웬 짐이에요?

비비아나! 놀랐잖니! 여기서 북쪽으로 좀 떨어져 있는 지역으로 발령받았단다.

...우시는 거예요?

아냐, 물론 아니지! 실없는 소리 말거라!

최최씨씨최꽃 *최\\\\ @최꽃!* *

비비아나! 얼굴이 왜 그러냐? 무슨 일이야?

* 성모 마리아여!

...

안으로 들어가자. 내가 치료해주마.

어딜 가시든 절 좀 데려가 주세요.

뭐?

우리 집으로는 돌아갈 수가 없어요. 아니, 가지 않을 거예요.

第四章

열네 살

신부님이 데려간 곳은 내가 살던 마을보다
훨씬 컸고, 성벽으로 둘러싸여 있었어.

그리고 마을 중앙에 아주
웅장한 성당이 있었지.

나는 마리아라는 미망인이
운영하는 고아원에서
먹고 자며 일했어. 마리아와
마을 사람들은 모두 나를
새 이름으로 불렀어.

하지만 나는 내가 제자리에 있는 것인지
확신이 서지 않았어.

신부님, 잘못된 건
아무것도 없는데…
왠지 편안하지 않아요.

제가 뭔가를
계속 찾고 있는 것
같긴 한데, 그게
뭔지 모르겠어요.

비비아나, 아마도
너의 소명이 막 시작되려는
시기에 신께서 네 마음을
혼란케 하시는 것일지도
모르겠구나.

내가 나의
소명과 어떻게 만나게
되었는지, 이야기한 적
있더냐?

아니요.

"나의 고국은 하느님을 가장 먼저 받아들인 나라 중 하나였지만 죄악과 함께 썩어가고 있었단다. 사람들은 이 이단에서 저 이단으로 유행에 따르며 경건함보다는 쾌락만을 추구했지."

"성직자들! 그들은 더 심했지!"

!!!

"고국에서 사는 건 너무 힘들었어. 특히나 사제가 된 다음엔 더욱더."

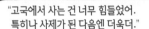

꿒꿒꿒꿒 꿒 꿒꿒꿒 꿒꿒꿒꿒 꿒꿒꿒 @꿒꿒꿒 꿒꿒꿒꿒?! *

SMASH!

* 회개하고, 복음을 믿으라!

"어느 날 저녁, 상급자가 날 불렀단다."

꿒꿒꿒 꿒꿒 꿒꿒꿒꿒 꿒꿒꿒꿒 꿒꿒 꿒꿒꿒 꿒 꿒꿒꿒꿒 꿒꿒꿒 꿒꿒꿒 꿒꿒꿒꿒 꿒 꿒꿒 꿒꿒꿒꿒 꿒꿒꿒 꿒꿒 꿒꿒꿒꿒 꿒꿒꿒 꿒꿒꿒 꿒꿒꿒꿒 꿒꿒꿒 꿒꿒꿒. *

* "주교께선 자네 재능이 해외 선교에서 가장 잘 쓰일 것이라 생각하고 계시네. 이걸 보게."

"그건 선교 잡지였단다. 펼쳐진 곳은 중국에 관한 기사였고."

꿒꿒꿒꿒꿒 꿒 꿒꿒 @꿒꿒! 꿒꿒꿒 꿒 꿒꿒꿒 꿒꿒꿒꿒 꿒 꿒 꿒꿒 꿒꿒꿒 꿒꿒 꿒꿒꿒꿒 꿒 꿒꿒꿒꿒 @꿒꿒꿒?! *

* "중국인들은 자기 자식들을 신에게 바친다… 이럴 수가… 성모 마리아여!"

야만스럽기 짝이 없는 이교도 풍습을 보고 나는 큰 충격에 빠졌단다.

그런 짓을 하는 사람이 있다는 건 들어본 적 없어요.

"기사에는 어떤 중국인 가족을 묘사한 작은 삽화가 있었단다. 얼굴은 더러웠고, 옷도 형편없었어. 하지만 그들에게서 나는 뭔가 보았지."

"물론 상급자와 주교의 의도는 비열한 것이었어. 그들은 단지 나를 제거하고 싶었던 거야."

하지만 그건 중요하지 않았어. 그 순간 나는 나의 소명을 깨달았던 거야! 나는 이교도인 중국인들의 땅에 우리 주님의 성당을 세우게 되어 있었던 거지.

너는 어떠냐? 비비아나, 넌 젊어. 네 앞에 펼쳐진 인생은 마치 빈 도화지와도 같단다. 신께서 네게 어떠한 그림을 제시해주셨느냐?

아니요.

고아원 일은 어떠냐? 아니면 네 하루 일과 중 어떤 부분이 특별히 네 마음을 움직인 적이 있느냐? 아침마다 하는 기도는 어떠냐?

별로요.

아이들을 가르치는 건?

그것도…

식사 준비를 하는 건?

그것도요.

분명 무언가 있을 텐데…

음… 교리문답 시간에 이따금 사내아이들 몇 명이 작은 목소리로 내 욕을 하고 낄낄거려요. 내가 못 들은 줄 아나 봐요.

전 한동안 못 들은 척하다 아주 순식간에 책을 집어서 바닥에 내던졌어요. 아주 세게요!

그 꼬마 녀석들은 마치 혼이 빠져나간 것처럼 앉아 있던 자리에서 펄쩍 뛰어올랐죠.

하하! 아주 멋졌어요! 물론 마리아는 항상 절 꾸짖지만요. 하지만 그건 확실히 효과가 있어요.

비비아나! 이게 네 마음을 움직이는 거냐? 고아들을 겁주는 게?

아뇨! 그 애들을 겁주는 게 아니라… 그 애들의 죄에 맞서는 거요. 그리고 정의를 행하는 거요.

아마도 전 사제가 되어야 할까 봐요.

왜 난 안 돼? 신부님이 음의 기운을 꺼릴 리도 없고.

정말 사제가 되고 싶어?

아니,

사실 난 그 지겨운 기도를 견딜 수 없을 거야. 그런데 요점은 그게 아니잖아!

비비아나, 세상은 절대 우리가 바라는 것과 같지 않아. 하지만 세상이 아무리 불완전해 보이더라도 거기서 신의 뜻을 발견할 수 있어.

넌 당연히 그렇게 말하겠지! 천사가 나타나서 놀라운 소명을 내려주셨잖아? 환희와 영광으로 가득 찬 소명! 하지만 나는 지저분한 아이들의 지저분한 옷이나 세탁하고 있어야 하지.

신께서 항상 천사를 통해서만 이야기하시는 건 아니야. 때로는 네 심장의 작은 떨림처럼 아주 조용한 목소리를 내실 때도 있단다.

네 소명은 정확히 뭐니? 나한테 얘기해준 적 없잖아.

음, 내 소명은 내 조국의 적인 영국으로부터 우리나라를 구하는 것이지!

그래? 하지만 어떻게?

이번 단계는 이거야. 이 사람들 가운데 도팽* 샤를, 즉 왕위의 적법한 계승자가 있어. 나는 그를 정확히 알아보고, 그에게 군대를 요청해야 해.

다 똑같은 옷을 입고 있는데!

* 프랑스의 왕세자.

91

날 시험하는 거지.
도팽 샤를은 내 소명이
진짜인지 확인하고 싶어 해.

저 사람
이다!

어떻게 알아?

그냥.

저 사람이 왕이 될 사람이라고?
진짜로 못생겼다! 그러니까 저 코가
말이지, 아무리 양귀라고 해도…

잘 찾아봐.
그럼 발견하게 될
거야, 비비아나.

!

鲁乬 @弃弯'乬 琴吾么瑟,
鲁葫 乬 瑟吾瑟 弯么
瑟瑟乬 琴么弯@ 吾瑟么
瑟瑟乬 琴瑟乬琴! *

휴~

* "하느님의 이름으로, 다름 아닌
당신이 왕이 되실 것입니다!"

92

날씨가 아주 좋은 어느 날 오후, 신학교 학생들이 잠시 공부를
내려놓고 아이들과 놀고 있었어.

그중 '공'이라는 학생이 있는데
얼굴에 산짐승이 물어뜯은 것
같은 자국이 있었지.

그 흉터가 말할 수 없이 매력적
이었어. 기회가 될 때마다 난
그 흉터를 바라보았지. 그가
눈치채지 못하는 동안 계속…

툭!

그때 내 마음이 어땠는지는
잘 모르겠어. 하지만 공을 가까이서
볼 때마다 어떤 작은 떨림이
인 것만은 확실했지.

그렇지! 계속 위로 차올려!

!

홍빅!

휙!

뭐야?

공 학생, 이런 바보 같은 놀이에 시간을 허비하면 곤란하죠. 이 아이들은 당신을 모범으로 우러러보고 있다구요!

내 처신이 아마 최선은 아니었을 거야.

누구야?

우리 고아원에서 일하고 있는 비비아나 자매요. 저 누난 '또라이'예요.

그 떨림이 신의 뜻이었다면, 적어도 신께선 그를 무시했다고 날 탓하진 않으실 거야.

음냐음냐

따가닥 따가닥

따가닥

안녕, 비비아나!

아,

잔 다르크.

목소리가 좀 가라앉았네.

엄마 꿈을 꿨어. 그래서 네가 오는 소리에… 약간 기대했는데…

내가 바보지.

아냐, 아냐. 내가 집을 떠났을 때도 너처럼 어려운 상황이었어. 나도 가족들이 보고 싶어.

우와, 말이 정말 멋진걸! 네 뒤에 따라오고 있는 저 사람들은 누구야?

신께서 도팽을 움직여주셨어! 이들은 내가 이끄는 군대야!

우리는 영국군이 오랫동안 점령하고 있는 오를레앙으로 가고 있어. 그리로 가서 우리나라 사람들을 해방시킬 거야!

나도 같이 가.

오를레앙은 나의 운명이야. 네 운명의 장소는 다른 곳이지. 하느님께서 함께하시길 빌어!

애들 말이 맞아! 넌 '또라이' 야!

뭐하는 거야?

말해봐. 넌 왜 신학생이 되었지?

뭐라고? 싫어!

신부가 되면 결혼할 수 없다는 거 몰라? 그리고 그러면 아이를 가질 수 없다는 것도?

신의 소명에 따르는 것은 영광스러운 일이야! 이제 돌려줘!

오늘따라 왜 이리 손이 미끄럽지?

좋아.

어렸을 적, 난 도적떼의 일원이었어. 우리는 먹을 것을 훔치며 이 마을 저 마을로 떠돌아다녔지.

"어느 날 밤 강도짓을 하다 일이 잘못되었어.
사람이 죽고 만 거야."

"고을 촌장의 형이었지."

"이후 몇 달 동안 우리는
산 속에 숨어 목숨을 부지해야 했어."

"그러다 양귀와 함께 다니는
'유' 라는 사람을 만나게 되었지."

댁들에게는 도움이 필요한 것 같군.
우리는 지금 정의를 회복하러 어떤 못된 마을로
가고 있소. 경호원이 되어준다면
필요한 도움을 주겠소.

"그 양귀는 딱 보니까
중국 말을 거의 못 알아듣더라고."

이… 사람들, 너의… 형제?

네… 네. 그러문입쇼. 내 형제들!
모두 착한 사람들이고 믿음을
구하고 있습죠.

"양귀는 우리에게 십자가를 주어 목에 두르게 했고,
우리는 양귀와 유를 경호했지."

일을 마치자 그들은 약속대로
우리를 도와주었어. 우리가
천주교도가 되자 순검들도
더 이상 우리를 건드리지 못했지.

그 양귀가…
베이 신부님?

맞아.

"베이 신부님은 중국어가 늘었고, 유와는 갈라섰지."

"유는 떠나면서 나머지 도적 출신들을 데리고 가버렸어. 오직 나만 남았어."

왜?

내가 바로 그 촌장 형을 죽인 사람이거든. 나는 도적인 동시에 살인자야. 주님의 왕국이 임한다 해도, 주님은 나를 버리실 거야.

"유는 내 결정을 맘에 들어 하지 않았어. …자세히는 얘기 못하겠다."

쥐새끼한테는 수염이 있어야지!

베이 신부님이 상처를 치료해주셨어. 그리고 내게 신학생이 되지 않겠느냐고 물으시기에 되고 싶다고 했지. 신부님 신세를 아주 많이 졌어.

신부님이 그걸 물었을 때 네 마음 속에 어떤 떨림은 없었니?

무슨 말을 하는 거야?

흠음.

하!

!

책!

공! 신께선 네가 나와 결혼하길 원하신다구!

* "나를 사랑한다면,
모두 나를 따르시오!"

* "돌격!"

휴~

정말 근사하다.

잔 다르크가 군대를 이끌고 전투하는 걸 보면서 공과 결혼하더라도 내 인생은 크게 달라지지 않을 것이라는 사실을 깨달았어

단지 고아들 옷 빨래에서 내 아이들 옷 빨래로 바뀔 뿐이잖아?

어이!

얘야, 여기 올라오면 안 돼! 뭐하고 있는 거냐?

저… 저는…

챙 챙 챙

아무것도 아녜요.

팟!

휴~

누나! 누나!
잠깐만요!

왜? 너 한 번만 더
변소 간다고 말했다가는…

신부님하고
이야기하고 있는
저 여자들
누구예요?

ᅙᄀᆰ'ᄬᆰᄀᆞ ᄉᆢᆰᄎᆞ
ᄬᄅᆰᄤᄤᄉᄀᆰ, ᄤᄬᄎᄽᄀᆰᄒ, ᄉᆢᆞᄼᆞ ᄆᆞ
ᄤᄤᄶ@ᄀᆰ@ᄀᆰᄎᆞᄽᄤᄀᆞᄉᆞᄀᆰᆞ
ᄉᆞᄽᆞᄽᄶᄤᄎᆞᄬᆰ. *

* "전에 뵌 적이 있지요, 신부님.
저는 회중파 선교사예요."

* "아... 전 기억이 잘 나지 않습니다만."

** "남편과 저는 신부님 이전 발령지 근처에서 활동했었어요."

* "몇 년 전 저희 소개를 드렸을 때 신부님께서 사도 베드로의 성좌를 인정할 준비가 되면 다시 오라고 말씀하셨지요."

* "아, 그래요! 그것 때문에 여기 온 거요? 남편은 어디 계시오?"

* "살해당했어요."

* "성모 마리아여!"

…의화단(義和團)…

* "이 여자들과 저는 안식처가 필요해요. 의화단에 대해 들어본 적이 있으신지요?"

그때 처음으로 나는 그 이름을 들었어. 오후가 되자 마을 사람들 모두 의화단에 대해 알게 되었지.

일군의 젊은이들이 향리를 돌아다니며 선교사, 신부, 그리고 중국인 천주교도들을 살해한다는 거야.

갑자기 모든 상황이 변했지.

비비아나!
계속 찾아다녔잖아!

네가 말한 것에 대해
기도해보았어. 베이 신부님
하고도 얘기해보았고.

나는 신께서 내게
보여주신 자비에
감사하려고 신학교에
들어왔어.
난 다른 사람의
생명을 빼앗았으니까.
그런 내가 어떻게
내 삶을 포기하고
신부가 되지 않을 수
있겠어?

하지만 너와 이야기할 때
성령이 내 마음을 흔들었어.

아빠로서
새 생명을 세상에
내어놓는 것 말고,
신께 나의 감사를
보여드릴 더 좋은
방법이 있을까
싶어.

비비아나… 네가 옳아.
나와 결혼해줘!

바보 같은
소리 하지 마!

?

난 다 관뒀어.

관두다니,
뭘?

결혼이라는
생각 자체를
말야!

하…
하지만…

우리가 이런
이야기를 하고 있는
동안에도 살인자들이
돌아다니고 있다구!
천주교도를 닥치는
대로 죽이면서!

알아. 나도
소문 들었어.

곧 그들이 여기에도
찾아올 거야.

이런, 난 어쩜 그리도 멍청했던 거지?
처녀 전사가 나에게 나타났었는데도… 그리고
너 같은 범죄자를 만나게 되었는데도!

어이! 그건
한참 전 이야기
라구. 난 이제
달라졌어!

어쨌건 예전에 사람을 죽여봤잖아.

…

그건 그래.

그럼 분명히 칼도 잘 다루겠네!

응…

우리, 결혼은 안 하는 거야?

당연히 안 하지. 그런 일은 절대로 없을 거야!

하지만 네가 말했던 건…

그래, 결혼하자고 했지. 하지만 내가 틀렸어. 신께서는 네가 나와 결혼하는 걸 원하지 않아! 네가 나를 도와 의화단에 맞서 우리 마을을 지키길 원하시지!

신께서는 네가 나를 훈련시키기를 원하셔! 난 여전사가 될 거야!

109

第五章

열다섯 살

쑥!
SLASH!

이익!

* "개 같은 영국 놈들아! 우리 성녀를 창녀라고 부른 대가다!"

비비아나! 여기서 뭐해? 너무 위험해!

난 괜찮아! 네가 하는 일을 가까이에서 좀 보려고.

게다가 너 말고 다른 사람한테는 내가 보이지도 않는걸!

챙!

봤지?

썅썅듄쬬 @짐짐듄쳐 쳐쏟쳐껭 스쒀쬬쳐, 쳐썅@쳐쏟쏟쏟썅듄쳐!*

썅쏟쬬, 쏟췄쏟 껭쏟썄쏟쏟썄!*

* "죽어라, 마녀!"

깡!
KONK!

* "영국인이여, 내 당신의 영혼을 불쌍히 여기오!"

잔 다르크, 말해봐. 내 생각이 옳은 거야? 나도 너처럼 여전사가 될 운명인 거야?

난 지금 할 일이 있어! 너한테도 네가 할 일이 있고!

쳐썅껭쬬 쏟쳐쬬듄쬬@쬬, 쏟쬬 쏟썄쳐듄! 쳐쬬 쏟쬬쬬쬬쬬! 쏟쏟쳐썅 쏟쏟쏟 썄쳐쏟 쏟쳐썄쏟쬬쬬 쳐썄쬬 쳐쬬@쬬쳐쬬! 쳐쏟쳐썅 듄쬬쬬 쳐쬬쬬 쳐쏟! 쳐쏟쳐썅 듄쬬쬬 쳐쳐쬬쬬!*

* "용기를 내시오, 동포들이여! 주님이 영국 놈들을 끝장내셨소! 영국을 무찌릅시다! 영국을 무찌릅시다!"

…그리고 손잡이를 꽉 쥐고,
무릎을 굽혀 찌르는 거야, 이렇게!

SWING!
휘잉!

확실해?
이렇게 하는 거
아니야?

그렇게 잘 아시면서 왜 나한테
가르쳐달라고 했어?

그냥 좀
물어본 거야. 뭘
그렇게 까칠하게
굴어!

그런데 네 칼은 어째서
그렇게 좋지? 내 칼보다 훨씬
낫잖아! 내 건 녹이 잔뜩
슬어 있는데.

난 오랫동안 검술을
익혀왔다고! 넌 이제
막 시작했고.

무기는
기술과 함께
가는 거야!

외국 군대가 도착하자 마을 사람들 모두가 구경하러 나왔어. 난 그들이 반짝거리는 금속 갑옷을 입고 있을 줄 알았는데…

* "내 편지에 이렇게 즉시 응해주셔서 감사하오, 여러분."

난 실망했지.

소문을 듣자 하니, 의화단은 이제 수천 명도 넘는 군대가 됐대.

수만 명 이라던데!

저런 수십 명밖에 안 되는 털북숭이들이 어떻게 그런 대군한테서 우리들을 지켜줄 수 있다는 거지?

당연히 못하지! 그래서 여전사가 여기 있잖아!

* "이리 오시오! 함께 성체성사를 올리며 여러분이 도착한 것에 감사기도를 드립시다."

* "고난을 겪기 전날,
  성스럽고 존엄한 손으로 빵을 드시고…"

* "하늘에 계신 전능하신 아버지 하느님을 우러러보며,
  당신께 감사를 드렸나이다…"

* "이 빵을 축복하시고,
  그것을 나누시어…"

금방 돌아올게요,
마리아.

지금
한창 축성식
중이라구!

117

잔 다르크?

쉿! 지금
대관식 중이야!

아, 저 못생긴
사람이 멋진 새 모자를
쓰는 거로구나.

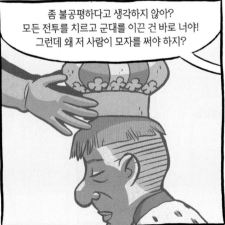

좀 불공평하다고 생각하지 않아?
모든 전투를 치르고 군대를 이끈 건 바로 너야!
그런데 왜 저 사람이 모자를 써야 하지?

날 믿어요, 부인! 여기서 멀지 않아요.

의화단이 아니야! 저 목소리, 누군지 알겠어!

잠깐, 비비아나! 이런 식으로 막 달려들면 곤란해!

원 선생님!!

비비아나!

하하! 네가 잘 지낼 줄 알았다! 정말이야, 그럴 줄 알고 있었어!!

괜찮은 걸 보니 다행이구나, 비비아나.

안녕하셨어요!

이쪽은 '공'이에요. 이 사람은… 날 따라 다니기 좋아하지요.

어이!

만나서 반갑구나, 공.

그런데 여기서 뭐하세요?

저두요.

요새 시골 마을이 아주 위험해졌단다. 특히나 우리 같은 사람들한테는!

여기서 가까운 곳에 높은 성벽과 서양 군대에게 보호를 받아서 안전하게 지낼 수 있는 마을이 있다고 해서.

제가 지금 거기 살고 있어요. 이리 가면 곧 나와요.

저건…

꾼

피난민이 아주 많았어. 의화단이 점점 가까이 다가오고 있다는 뜻이었지.

보호받기를 원하는 사람이 우리뿐만은 아닌가 보구나.

네.

긁적긁적

저들을 보호해줄 사람이 바로 나라는 것을 차마 내 입으로 말할 순 없었어. 말하고 싶은 마음은…

…굴뚝같았지만..

원 선생님 부부와 밤늦게까지 밀린 이야기를 나누었지.

내 새로운 삶에 대해 모조리 이야기했어. 고아원, 이 마을, 그리고 공에 대하여.

그러고는 자리가 파할 무렵 마침내 그 이야기를 꺼냈지.

여보, 이제 자러 가야죠.

잠깐만요! 할 이야기가 더 있어요!

요즘… 제가… 어… 생각하고 있는 게 있는데… 아마도… 그러니까 가능하다면…

하느님은 내가 신을 위한 여전사가 되어줄 것을 바라세요. 의화단에 맞서서요. 잔 다르크처럼요.

원 선생님 부인은 놀라 움찔했어. 역겨운 냄새라도 맡은 것처럼. 나는 못 본 척했어.

원 선생님은… 웃지도 비웃지도 외면하지도 않았지.

그는 그저 나를 바라보았어.

그래, 비비아나! 난 항상 너에게는 뭔가 특별한 게 있다는 걸 알고 있었단다!

우리 엄마처럼. 다시 만난다면 우리 엄마가 필시 나를 그렇게 바라봤을 거야.

난 항상 알고 있었단다!

베이 신부님! 어제 여기로
누가 왔는지 아세요?

누구게요?
누구게요?
누구게요?

모르시겠죠?

원 선생님 부부가
오셨어요!

알고 있다, 비비아나.

정말요?
그럼 왜 인사하러
오지 않으셨어요?

아직 기도중인 게
안 보이느냐?

베이 신부님, 기도는 나중에도 할 수 있어요. 하느님께서 매일 이야기를 들어주시잖아요. 하지만 원 선생님 부부는 몇 년 만에 보는 건데요!

무슨 문제라도…?

전에 내 소명에 대해 이야기했었지. 기억나느냐?

네. 잡지에서 어떤 기사를 읽었다고 하셨죠.

그래. 그 기사에는 어떤 가족을 그린 작은 삽화가 있었고.

그들의 얼굴은 더러웠고, 옷도 형편없었지. 하지만 그들의 눈에는… 뭐랄까… 기품이 있었어. 내 고국에선 오래전에 사라져버린 기품 말이야.

나는 그 기품을 찾아 중국으로 온 거란다.

처음 중국에 왔을 때는 모든 사람들에게서 고결한 기품을 느낄 수 있었단다. 겸허한 삶의 양식, 근면한 노동관…

하지만 내 조국을 타락시켰던 것과 똑같은 죄악이 이곳 신자들 사이에서도 서서히 나타나기 시작했지.

당초에 원 선생 부부가 없었더라면, 난 정말 체념했을 거야. 그들은 정말 관대하고, 충직하고, 경건했지. 우리 신앙의 모범이었어!

그래서 그들이 나를 배신했을 땐…

슈제최쓰슬릴 쉬쌔 @쥐쌔 *

* "성모 마리아여!"

배신 했다고요?

125

원 선생은 아편 중독자야! 부인도 공범이고!

그들의 비밀을 알아채고 나서 난 상급 기관에 여기로, 그 사람들이 없는 이곳으로 전근되게 해달라고 부탁했단다. 그 둘의 꼴을 보는 것조차 참을 수 없어!

물론 그들에게 피신처는 제공해줄 거야. 그게 우리의 의무니까. 하지만 난 그 사람들과 친하게 지내지는 않을 거란다.

너도 그렇게 하는 게 좋을 거야.

그 두 사람은 독사와 같은 자들이야! 하는 말도 모두 거짓이고!

아니에요. 그렇지 않아요.

잘못 아신 거예요!

애야, 정말이지 모두 사실이란다.

원 선생님은 아편 중독자 같지 않았어.

미안하구려. 죽이 이렇게 멀게서.

전혀 거짓말쟁이 같지도 않았고.

네가 증명해야만 했어. 그렇지 않다는 걸.

비비아나! 계속 찾아다녔어!

공!

저기… 미안. 내가 은혜를 몰랐어. 날 이렇게 훈련시켜 준 사람은 없었는데… 넌 그렇게 해줬잖아.

뭐, 네가 훈련시키지 않으면 안 되게끔 했잖아.

네가 아니었다면, 지금 내가 하려는 일을 할 준비가 안 되어 있었을 거야.

고마워.

무슨 말이야?

의화단이 가까이 다가왔어. 난 알 수 있어! 오늘 밤, 난 하느님의 여전사로서 첫 임무에 착수할 거야!

난 성문 밖에 있는 숲으로 순찰을
나갈 거야. 의화단을 추적해야지.
그자들이 우리 마을에 발을 들여놓기
전에 막아야 해.

나와
함께해 준다면
영광이겠어.

비비아나, 진지하게 이야기해보자!
넌 그저 한 명의 여자아이에 불과해!
의화단의 습격에 대해서는 마을 전체가
대비해야 하고. 촌장님이 사람들을 모아서
훈련시키려 하고 계셔. 난 그쪽 사람들과
함께할래.

잠깐! 그러니까 넌,
나 대신 빼빼 마른
시골뜨기 무리를
선택하겠다는 거야?

이건
생사가 달린 문제야!
장난이 아니라구!

누가 장난이래!

네가 함께하든 말든,
난 이 마을을 지킬 거야.
그게 내 소명이라구!

잔 다르크, 어디 있어?
와서 나랑 이야기 좀 해!

알고 싶은 게
있어.

부느럭,
부느럭,

잔…?

이익!

의화단!

ㄴㄴㄴㄴㄴㄴ

야압!

!

ㄴㄴㄴㄴ..✳

넷째…?

충 오빠?

아이고, 맙소사!
우린 네가 죽은 줄 알았어!
이제껏 넌…

여긴 어쩐
일이에요?

넷째야, 난 드디어 세상에서
내 할 일을 찾았단다. 양귀로부터
중국을 구하기 위해 목숨을 바칠
애국자 단체에 가입했지!

의화단 말이에요?

그래, 너도 들어봤구나! 양귀들은
우리나라를 점령해 자기들 멋대로
나눠 먹었지. 하지만 지금은 의화단이
베이징으로 진군해서 우리의
정당한 권리를 위해 싸우고 있단다.

우린 우리나라를
다시 온전하게
회복시킬 거야!

방금
뭐라고 했죠?

131

우리나라를 다시 온전하게 회복시킬 거라고! 넷째야, 우리랑 같이 가자! 이겨서 집으로 돌아가자! 네가 살아 있는 걸 보면 네 어머니도 기뻐하실 거야.

엄마는 어떠세요?

큰어머니는… 아마… 잘 지내실 거야.

가자! 우리 숙영지가 여기서 멀지 않아. 내가 널 소개해줄게.

미안해요. 나 가봐야 해요. 만나서… 만나서 기뻤어요.

넷째야, 기다려. 넷째야!

밤새 한잠도 못 자고 잔 다르크를 기다렸어.

하지만 그녀는 나타나지 않았지.

헉!

THOK!
툭!

비비아나 누나, 저렇게 멋진 칼이 어디서 났어요?

몰라도 돼. 가서 아침이나 먹자.

뜨거운 물을 죽이라고 내주는 건 이제 지겨워요.

주는 대로 먹어.

第六章

열다섯 살

원 선생님! 아주머니!

의화단이 성 밖에 모여 있다는 걸 알자 성 안 사람들은 모두 공황 상태에 빠졌어.

누나, 이게 무슨 일이야?

원 선생님!

공, 공아!

원 선생님 어디 계셔?

모르겠는데.

서둘러! 의화단이 성문을 부수려고 한다!

공, 몸 조심해.

누나, 우리… 아니 애들 몇 명이 진짜 무서워해요.

무서워할 것 없어.

자, 마리아 아줌마한테 가보자.

비비아나, 어디 있었어? 베이 신부님이 여자와 아이들은 모두 성당에 모여 있으라고 하셨어.

아아, 세상이 끝장나는 게 아닌가 몰라!

누나, 가지 마!

여기 같이 있어!

애들아, 마리아 아줌마가 잘 보살펴주실 거야. 난 원 선생님 부부가 어떤지 가서 보고 와야겠어.

마리아 말이 맞았어. 세상이 끝장나려 하고 있었어.

내게 남은 건 오직 원 선생님뿐이었지.

원 선생님!

비비아나! 이런 꼴을 보여서는 안 되는데… 밖이 꽤 소란스럽구나… 아이고, 배야!

즐즈즉
즐즈즉

예전에 이렇게 말씀하시지 않았나요?

"서양인들에게 선한 것은 취하고 악한 것은 취하지 않아야 한다."고요.

오래전 난 끔찍한 복통을 앓았단다. 어떤 약도 듣지 않았지.

널 딸처럼 사랑한 사람을 어떻게 감히 비난할 수가 있니?

거의 몇 십 일 동안 사경을 헤맸단다. 아편만이 유일한 의지처였지.

우리 남편은 저 시궁창에 사는 타락한 아편쟁이들과는 달라. 이이는 아편을 고의로 쓰는 게 아니야.

아편은 효과가 있었지… 하지만 그 후로… 이걸 끊을 수가 없게 되었어.

복통을 다스릴 수 있게 되고 나서 이이가 고쳐준 환자가 몇 명일 것 같니?

난 끊으려 애썼단다, 비비아나. 무릎에서 피가 날 때까지 기도도 했고! 정말 노력했어!

하지만 할 수 없었어… 날 용서하거라.

…

저리 가세요.

이런 배은망덕한! 무지막지한 배신자 같으니!

양귀의 믿음은 네 정신을 더럽히고, 영혼을 파괴할 거야.

도망쳐! 도망쳐야 해!

픽!

조심해요!

저놈들이 성문을 부쉈어! 도망쳐!

의화단이 성문을 부쉈다고요?

아냐, 아냐. 의화단이 아니야. 의화단은 물리쳤는데, 저들은 또 달라. 홍등조(紅燈照)라구!

마녀 여전사들! 저들의 음기는 너무나 세! 음이…

으윽!

!!!

SHOCK!

마치 무서운 옛날이야기에서 튀어나온 것 같은 여자들이 나를 굽어보고 있었어.

내 창이군!

이런 살인자들!

SPLORCH!

아니. 우리는 우리 민족을 배신한 가양귀자 (假洋鬼子)*에게 정의를 행했어.

네가 여자인 것에 감사해라. 그렇지 않았다면 너도 저자 옆에서 피를 흘리며 죽었을 것이니!

* 가짜 양놈. 외국에 협조하는 중국인을 경멸적으로 부르던 명칭이다. 천주교에 귀화한 중국인을 포함한다.

취안타이 동지!

충 동지!
이 사람은 누군가?

가양귀자입니다.

손 떼지 못해?

얼굴이 아주 반반한데?
우리 숙영지에 있는 여자들보다
훨씬 더 예뻐!

WACK!
빡!

충 오빠!

가서 밧줄을
가져오게.

뭐…
뭐라고요?

못 들었어?
가서 가져와!

충 오빠!

아, 저 사람이
네 오빠인가 보지?

나는 성당으로
돌아가지 못했지.

…하지만 나중에 공한테서 무슨 일이 벌어졌는지 들었어.

오늘 하느님께서 우리를 박해하는 이들로부터 구해주거나 천국으로 인도해주실 것입니다. 그분의 계획이 무엇이건 열렬히 기도합시다!

베이 신부님! 제 딸, 여기 없나요?

보지 못했소.

걱정 마세요. 제가 가서 찾아볼게요.

아아, 고마워요, 젊은이. 신의 가호가 있길!

고마워요, 동지!

서로 지켜주는 건 우리 의무라구!

자, 갑시다! 성당이 이쪽인 것 같아.

이 마귀들! 너희는
중국에 등을 돌리고
저 털북숭이 양귀들의
거짓을 받아들였다!

단지 자기네들
이익을 위해 너희를
이용한다는 걸
모르는가?

즉시 양귀의 신앙을 버려라!
아니면 개처럼 죽을 것이다!

* "하늘에 계신 전능하신 아버지 하느님을
우러러보며, 당신께 감사를 드렸나이다…"

* "…이 빵을 축복하시고
그것을 나누시어 제자들에게
주시고 말씀하시길…"

내가… 너한테 원한 건… 이런 게 아니었어. 내가 원한 건 이게 아니야.

날 놔줘!

입 닥쳐! 생각 좀 하게!

작은형? 뭐하는 거야!

바오! 이년은 가양귀자야!

이 작자가 뭐하는 거로 보여?

강령 제2조! 여자를 탐내지 않는다!

이런 위선자! 그럼 이건 어때? 제5조! 목숨을 바쳐 동지를 보호한다!

큰형은 죽었는데, 넌 멀쩡히 살아 있잖아!

썩 꺼져!
다신 돌아오지 마!

이거 치워!

어쨌든 떠나려고 했어,
'동지'.

이런다고 내가
당신한테 고마워할
것 같아?

너… 널 알아! 경극 가면 같은
얼굴이었잖아!

그런 모욕적인 말을…
어쨌든 사람 잘못 본 거야.
난 당신 본 적 없어.

날 풀어주고
진짜 영웅이 되는 건 어때?
난 고아들을 돌봐줘야 하거든.

가양귀자인가?

천주교도냐고?
그래.

양놈 종교를 믿지
않는다고 말해. 그럼
기꺼이 풀어주지.
아니면, 널 죽일 거야.

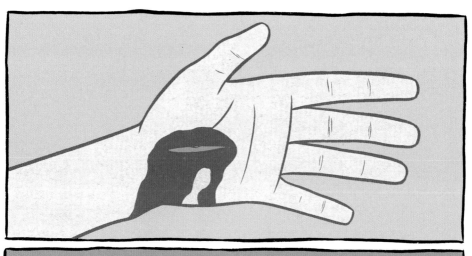

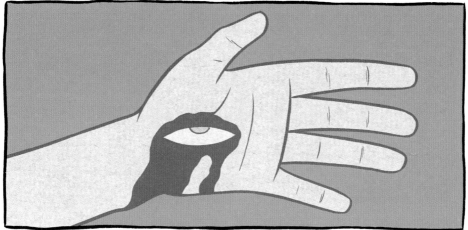

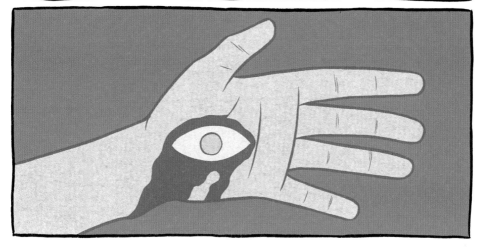

나에게
마음을 쏜다고
...

어이,
기도하는 법을
가르쳐줄게.

내가 왜
양귀의 기도를
배워야 하지?

잠시
신경 쏜다고
네가 죽기라도
한다니?

그냥
듣기나 해.

기도할 때는
이렇게 말하는 거야.

나한테 왜
이런 걸
보여주는데?

이게 너한테 줄 수 있는
유일한 거니까.

이봐, 난 정말 널 죽이고
싶지 않아. 신앙을 포기해.
그럼 보내줄게.

그럴 수… 없어.

그렇다면… 네 이름이라도
말해줄래…?

비비아나.

아니,
중국 이름
말이야.

내 이름 은

비비아나야.

结语

에필로그

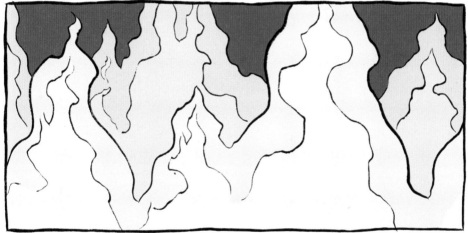

* "어이! 저 아이,
의화단원 같은데!"

* "정의의 손길에서 벗어날 수
있을 것 같나, 응?"

아, 아니!
살려주세요!

살려주세요…

* "우리 주… 우리… 주 예수…"

* "잠깐! 얘는 천주교인인데!"

** "확실해? 기도도 제대로 할 줄 모르는 것 같은데?"

*** "우리 주…"

* "이 애를 쏘면 연옥에서 몇 십 년을 보내게 될 거라구!"

** "우리… 주…"

* "자, 저쪽에 약탈할 거리가 더 있어."

** "좋아. 나도 너처럼 좋은 칼을 갖고 싶어."

역자 후기

우리의 주인공 넷째(비비아나)와 바오가 비극적으로 재회한 그해 여름, 몰락해가는 왕국의 수도 베이징을 향해 달려간 것은 바오와 그의 동료들뿐만이 아니었다. 소녀의 참혹한 죽음을 부른 애국 소년들의 맹목적 열정만큼이나 중국을 향한 제국주의의 탐욕의 불길도 거세게 타올랐다. 일본 및 서구 열강 8개국은 자국민 보호를 구실로 중국에 군대를 파견했다. 연합군은 베이징의 입구 톈진(天津)에서 청나라 관군과 의화단의 거센 저항에 부딪치게 된다.

톈진 전투가 한창이던 1900년 7월 13일, 미국 육군 9보병 여단 에머슨 리스컴(Emerson H. Liscum) 대령이 총에 맞아 전사한다. 대령이 마지막으로 남긴 말은 "계속 사격하라."였다고 한다. 이순신 장군의 유언을 연상케 하는 이 말은 무인정신에서 나왔다기보다 아마도 중국군에 비할 수 없이 발달한 화기 덕분이었겠지만, 어쨌거나 미군을 포함한 연합군은 텐진을 함락시키고 내친 기세로 북경으로 몰려든다. 이 노도와 같은 기세 앞에 던져진 바오와 의화단 소년들, 중국 인민들의 비참한 운명에 대해서는 독자 여러분도 익히 아는 바다.

이순신의 유언은 자기 나라를 짓밟은 침략자를 몰아내는 전쟁을 막 끝내려던 참에 나왔다. 비극적 영웅의 대미에 걸맞은, 전해 듣는 사람의 가슴을 치는 말이다. 하지만 리스컴 대령의 마지막 말은 침략자이자 수탈자, 파괴자, 보장된 승리자의 말이라는 점에서 유례를 찾기 힘들 만큼 생뚱맞다. 간결하고 강력하기에 더욱 그러하다.

역자는 주한 미군 한국군지원단, 약칭 카투사 병에 지원했다가 미2사단 9보병 연대 2대대에 배속되었었다. 이왕 가야 하는 군대, 돈 안 들이고 영어나 배워보자는 얄팍한 계산이었는데, 거기서 매일같이 마주하고 이따금 소리 높여 외쳐야 했던 부대 구호는 그때나 지금이나 참 생경하고 기묘하다.

9보병 연대는 미군에서도 손꼽게 유서 깊은 부대다. 인디언 학살, 남북전쟁, 중국 및 필리핀 파견, 제1, 2차 세계대전, 한국전쟁, 베트남전쟁 등 미국이 벌인 거의 모든 전쟁에 참전하여 무용을 떨쳤다. 실로 미 제국주의의 첨병이라 할 만하다. 이 9보병 연대 본부 건물에 '리스컴 볼(Liscum bowl)'이라는 게 있다. 무지막지하게 커다란 은제 그릇이랄까 트로피랄까 아무튼 번쩍번쩍 광이 나는 '볼'이다. 9보병 연대가 텐진을 점령하고 청나라 조폐창에서 획득한 은괴를 녹여 만든 것이라 한다. 말할 것도 없이 리스컴 대령을 기념하는 것이다. 구호만큼이나 그릇 역시 분명하고 확실하게 미 제국주의와 미군의 무력을 표상하기에, 그 조금의 여지도 없는 뻔뻔스러움에, 그 진지한 생뚱맞음에, 그때나 지금이나 당혹스럽다.

의무로 간 군대, 의지와 상관없이 배속 받은 미군 부대의 상징물에 당시에는 전혀 관심이 없었다. 어서 빨리 제대하기를 바라며 그저 하루하루를 보낸 날들의 배경일 뿐이었다. 그러나 동시에 그 날들은 미 제국주의의 첨병을 위해 복무한 나날이었다. 의도했건 아니건 명명백백한 사실이다. 내 깜냥에 이런 자리를 빌려 사죄의 말을 하자는 건 아니다. 당사자가 오늘도 당당하게 무력을 과시하고 있는 마당에 나 같은 미미한 조력자가 사죄 따위를 한다는 건 중국 인민에, 한국인에, 그리고 세계 시민에 대한 예의가 아닌 것 같다. 다만 가만히, 조심스럽게 고백해볼 뿐이다. 그런 일이 있었노라고.

온갖 군대 담론, 더구나 대부분은 거북스럽기 짝이 없는 이야기가 넘쳐나는 나라에서 역자까지 나서 별것 아닌 군대 경험을 이야기하자니 독자 여러분께 참으로 죄송스럽다. 하지만 이 책의 번역을 의뢰받자마자 가장 먼저 떠오른 것이 바로 저 은제 '볼'이었다.

군복무는 법령에 따른 의무 이행이었지만, 이 책의 번역은 내면의 명령에 따른 의무 수행이었다. 번역을 마치고 나니 평소 거의 잊고 지내지만 실은 항상 마음속에 있던 저 커다란 볼의 무게가, 그 찜찜함이 조금은 덜해진 느낌이다. 이 책을 번역할 기회를 갖게 되어 정말로 감사하다.

이 책은 실제 역사를 배경으로 하지만 어디까지나 '픽션'이다. 더할 나위

없이 절묘하게 짜인 구성과 멋진 그림만으로도 충분히 훌륭한 독서 경험이 될 것이다. 하지만 원래 미국 독자를 위해 쓰인 것인 만큼 중국인들과 같은 동아시아인인 한국 독자들에겐 의미심장하고 무거운 의미로 다가온다.

형식상 이 책의 이야기는 전형적인 비극이다. 그러나 비극의 의미가 적어도 우리에게는 그리스 고전 비극과 동일한 함의를 갖는 것은 아니다. 주인공의 '결함'이 극 너머 실제 역사에서 너무도 적나라하고 통렬하고 광범위하게 나타났기 때문이다. 그리스 비극에서 주인공은 '성격적 결함' 때문에 자신의 운명이 파멸했을 뿐이지만, 중국과 동아시아는 그 역사 자체가 파멸했다. 우리들에게는 쓰디쓴 경험이다.

우리의 주인공들을 파국으로 이끈 '결함'은 '어리석음'이다. 이 이야기가 철저한 비극으로 끝난 것은 중국 근대사의 반영이기도 하고 내러티브적 필연이기도 하다. 『의화단』의 훌륭함이 바로 이 지점에 있다. 소년과 소녀는 모두 철저히 무지하다. 서양에 대해, 자신들의 믿음에 대해 그들은 어리석기 짝이 없다. 바오는 거기에 더해 여성에 대해서도 어리석은 인식을 가지고 있다. 그 어리석음은 자신의 화신인 진시황이 저질렀던 희대의 과오인 분서(焚書) 정책을, 새로운 화신인 불의 신 적제(赤帝 : 한 고조 유방의 빙의)이자 바오 자신이 재연하는 장면에서 최고조에 달한다. 이런 그를 구원한 것은 아이로니컬하게도 서양에 물든 자신의 첫사랑 여성 덕분이었다. 하지만 이 구원은 매우 사소했다. 바오는 이를 통해 목숨만 겨우 건졌을 뿐이다. 그와 그의 어리석은 군대는 이미 엄청난 희생과 처절한 패배를 맛본 후다.

우리와 중국, 나아가 동아시아의 근대사도 그렇지 않은가? 무수한 죽음을 동반한 처절한 패배, 구체제의 몰락, 그리고 사소한 계몽까지. 허나 계몽과 구망의 근대사도 이제 희미한 과거로서 망각의 영역으로 점차 사라져가고 있다.

'계몽(啓蒙 : 어리석음을 깨침)과 구망(救亡 : 국가를 멸망 위기에서 구함)'이라는 테제는 중국 학자 리쩌허우(李澤厚)가 중국 근대사를 설명하는 키워드로 제시한 것이다. '계몽과 구망의 이중 변주'라는 도식은 중국뿐 아니라 한국 근대사에도 유효할 터다. 중국보다 더 심하게 외세에 유린당했고, 또한 서양 문명을 향한 '계몽'이 불철저하거나 혹은 너무 철저했던 한국의 경우는 비극의 강도가 훨씬 더했다고 할 수 있다. '민족개조'를 외치며 계몽을 갈망했던 지식인 춘원 이광수나, 무력 투쟁을 위주로 위기에 빠진 나라를 구하려 했던 유학자 의암 유인석의 삶은, 비굴하거나 또는 신산할 뿐이었다. 우리 근대사의 지식인 내지는 정치지도자들의 계몽과 구망은 중국보다도 더 성공적이지 못했다. 몇몇 성취가 없진 않았지만 사소한 결과를 남겼을 뿐이다. 그런 와중에 소소한 삶을 영위했던 조선의 바오와 넷째 들은 감당할 수 없이 거대한 역사의 격랑에 휘말려 헤아릴 수 없이 많은 비극을 맞이했다. 긴 시간이 흘렀고, 한국도 중국도 적어도 겉으로는 얼마간 경제적 성취를 이루었다. 하지만 우리 뒤로 수많은 비극이 배경으로 있음을 결코 잊어서는 안 될 것이다. 『의화단』은 하나의 잘 짜인, 흥미진진한 이야기다. 하지만 동시에 이 이야기는 우리가 근대사를 직시해야 하는 이유를 보여준다. 잘 짜인 이야기는 때로 수다한 역사 기록보다 훨씬 큰 힘을 발휘한다.

이 책의 형식미와 미적 성취에 대해서 역자까지 나서 부언할 필요는 없을 것이다. 다만 한 가지, 역자의 역량 부족으로 독자들이 놓칠 수도 있는 점 하나를 언급하고자 한다. 이 두 권의 책은 각각의 주인공, 즉 바오와 넷째(비비아나)의 독백으로 진행된다. 이때『의화단 –소년의 전쟁』바오는 항상 '현재형 동사'로 이야기하고,『의화단 –소녀의 전쟁』넷째(비비아나)는 '과거형 동사'로 이야기한다. 둘의 시간은 두 권의 결말부에 이르러서야 한 지점에서 만난다. 이 형식적 장치로 인해 둘의 조우는 더욱 극적이다. 동사의 시제 표시가 철저한 영어에 비해 우리말은 조금 느슨한 편이다. 그렇다고는 해도 이 중요한 형식적 차이를 좀 더 분명하게 드러내지 못한 것은 아쉽다. 독자 여러분의 양해를 바란다.

비극적이지만 아름다운 하나의 이야기가 여기에 있다. 역자의 사소한 개인사도, 동아시아의 무거운 근대사도 모두 그 아름다움을 더욱 빛내주는 배경일 뿐이다. 모쪼록 이 이야기를 즐겨주시기 바란다.

윤성훈

하나로 결합되는 두 개의 이야기
"모든 전쟁에는 두 개의 얼굴이 있다."

Q. 의화단운동이라는 역사적 사건을 다루는 책이면서 두 권으로 양쪽의
이야기를 담아낸 책으로 보인다. 어떻게 이런 주제를 다루게 되었나?

A. 지난 2000년도부터 의화단운동에 관심을 갖게 되었다. 그해, 교황 요한
바오로 2세는 87명의 중국인 신도를 시성했는데, 중국인 신도를 시성하여 인
정한 것은 로마가톨릭교회 역사상 처음 있는 일이었다. 나는 가톨릭 신자이고,

샌프란시스코의 중국인 가톨릭 지역에서 자랐는데, 그때 당시 우리 교회 사람들은 기뻐서 서로 온갖 축하를 나누느라 난리도 아니었다.

　　이 일을 계기로 나는 중국인 성인들의 삶을 들여다보게 되었다. 그리고 그중 다수가 1900년 중국 의화단운동 시기에 희생된 사람들임을 알게 되었다. 그때는 중국 정부가 극도로 허약해서 서구 열강들이 중국 전역에 소 식민지를 건설할 수 있을 정도였다. 당시 가난하고 굶주리고 글자를 읽을 줄 몰랐던 시골 농민들이 국력이 쇠약해진 것에 위기를 느끼고 의화단의 의식에 가담하여 힘을 되찾으려 했다. 이 힘으로 무장하고 나라를 가로질러 행군하며 주요 도시에서 유럽인, 선교사, 상인, 군인 그리고 개종한 중국인 천주교 신도들을 죽인 것이다. 권법을 사용하는 그들이 유럽인들에게는 복싱 선수처럼 보인 탓에 이들은 후에 'Boxers'라고 불렸다. 요한 바오로 2세는 바로 이 의화단운동의 희생자들을 시성한 것이다.

의화단 사건에 관해 더 알아갈수록 나는 혼란스러웠다. 이 사건의 주인공은 누구인가? 어느 편이 더 우리의 연민을 사야 마땅한가? 의화단에 가담한 민중들일까, 아니면 그들의 중국인 천주교도 희생자들일까? 교황청의 승인 발표 뒤에 중국 정부는 즉각 항의성명을 냈다. 가톨릭교회가 중국 전통을 배반한 사람들을 성인으로 추대했다고 생각한 것이다. 이 두 권의 책은 이러한 갈등을 반영한 것이다. 한 권에서는 의화단 세력이 주인공이고, 다른 한 책에서는 중국인 천주교도들이 주인공이다.

Q. 『의화단』의 구조는 정말 독특하다. 두 권이 서로 다른 책이면서 등장인물이 교차되어 등장하고, 주제가 강하게 연결되어 있다. 따로 놓고 봤을 때 각각 완결적인 이야기인 동시에, 함께 보면 더 큰 하나의 이야기가 된다. 이 연결성으로 인해 각 권이 더욱 깊고 풍부하게 읽힌다. 이런 구조로 만든 이유가 무엇인가?

A. 나는 처음부터 각각을 처음-중간-끝이 있는 완결적인 이야기로 구상하여 두 권이 따로 읽힐 수 있도록 하고 싶었다. 또한 둘 중 어떤 걸 먼저 읽어도 상관없도록 만들고 싶었다. 책을 단권으로 묶어 내자는 의견도 있었지만 두 권으로 만들어 이야기의 양면적인 속성을 살려야 한다고 생각했다.

Q. 이 두 권은 '관용'을 주제로 연결되어 있다. 관용은 한 권에서는 예수의 모습으로, 다른 한 권에서는 관음보살의 모습으로 상징된다. 또한 책을 읽다 보면 복잡한 상황에 놓인 인물 중 누구도 미워하기가 어려워진다. 예를 들어 『의화단 −소년의 전쟁』의 주인공 바오는 극단적인 방법으로 신념을 추구하지만 그 마음 안의 여러 갈등을 보면 측은하게 느껴지기도 한다.

A. 배경이 된 역사적 사실 자체가 그렇다. 의화단은 현대 중동의 극단적인 세력들과 매우 닮아 있다. 바오가 이 시대에 살았다면 아마도 테러리스트가 되었을 것이다. 나는 그의 행동을 정당화하지 않으면서 이해될 만하게 그리고 싶었다.

의화단은 외세의 침략으로부터 그들의 문화를 지켜내려 했다. 그러나 이 이야기에서 그들의 문화에 대한 관점은 그리 완전하지 않다. 관용은 세계의 모든 문화권을 관통하는 가치다. 그것이 동양에서는 관음보살로, 서양에서는 예수로 나타나는 것뿐이다.

Q. 또한 이 책은 자아정체성이라는 주제를 파고든다. 자아정체성은 이전 작품에서도 중요하게 다뤄진 바 있다. 이번 작품에서는 '종교'가 정체성에 어떤 역할을 하는지 다룬 듯한데.

A. 문화와 종교는 정체성 확립에 있어 가장 중요한 역할을 한다. 적어도 나에게는 그랬다. 작가 마샤 쿼레이는 모든 청소년의 마음에 '힘 + 소속감 = 정체성'이라는 공식이 적용된다고 했는데, 나는 여기에 더없이 공감한다. 『의화

단』을 비롯한 나의 다른 작품 또한 이러한 공식을 따르고 있다. 주인공들은 힘과 소속감을 열망하는 청소년들이다. 이 세상에서 자기가 있어야 할 곳이 어디인지, 자기의 정체성이 무엇인지를 찾아다니는 아이들인 것이다.

작품 돋보기

Q. 역사적으로 중요하고 민감한 내용인 만큼 기초 조사와 자료 조사에 공을 들인 것으로 보인다.

A. 기존의 다른 어떤 작품보다도 자료와 기초 조사에 많은 노력을 들였다. 지난 2006년 『진과 대니(American Born Chinese)』를 선보인 이후 계속 여기에 몰두했으니 정말 기나긴 작업이었다. 1년간 일주일에 한 번 이상 대학 도서관을 찾았고 프랑스 방브의 예수회 아카이브를 찾아가 방대한 사진 자료를 조사하기도 했다. 수많은 책을 읽고 영화도 봤다.

그래도 자료 조사는 정말이지 끝이 없다. 아무리 열심히 준비해도 그 분야 전문가에게 디테일한 부분을 지적당할 가능성은 항상 열려 있다. 그러나 나는 1800년대 중국을 고증하려는 것이 아니니까. 내 목표는 1800년대 중국 상황을 반영하는, 개연성 있는 작품을 만드는 것이었다.

Q. 책의 주인공인 바오와 비비아나는 각자 아주 독특하면서도 서로 닮은 캐릭터다. 캐릭터의 모델이 되는 역사적 인물이 있는가? 어디에서 이러한 영

감을 얻는가?

A. 바오와 비비아나는 모두 허구적인 캐릭터다. 누구도 의화단운동이 어떻게 시작되었는지 정확히 기술할 수 없다. 의화단운동은 가난한 사람들이 일으킨 사건인데, 가난한 사람들 이야기가 사료로 기록되는 일은 드물지 않은가. 조셉 에셔릭은 그의 저서 『의화단운동의 기원(The Origins of the Boxer Uprising)』에서 의화단운동의 시발점을 밝히고자 했는데, 바오의 세부적인 설정에 그의 연구를 참고했다.

비비아나는 가톨릭 신자로 개종한 나의 경험을 토대로 만든 캐릭터다. 비비아나는 4월 4일에 넷째 아이로 태어났는데, '4'는 중국 문화에서 불길하게 여겨지는 수다. 그리하여 할아버지는 비비아나를 불경스럽게 여긴다. 마치 비비아나가 불행의 아이콘인 것처럼 대한다. 비비아나 스스로는 그녀의 어린 시절과 개종이라는 선택의 연관성을 깨닫지 못했지만 내게는 그 연결성이 명확하게 느껴진다. 그녀는 동양 문화 안에서는 마음 둘 곳을 찾지 못했기에 서양 종교로 개종하게 된 것이다.

Q. 책에 작가 특유의 마술적 리얼리즘이 정말 환상적으로 드러난다. '변신'과 같은 판타지적 상상력과 실제 역사를 완성도 높게 직조해냈다. 이런 방식으로 작업한 이유는 무엇인가? 또한 책에 등장하는 상징이 잔 다르크와 진시황인 이유는 무엇인가?

A. 완전히 상상만으로 지어낸 이야기가 아니라 실제 그들의 행동에서 모티브를 얻은 것이다. 실제로 의화단 세력들은 전통적 신들이 강림하여 그들에게 초인적인 힘을 준다고 믿었다. 또한 마법의 콩을 심으면 전사들이 나온다고 믿었다. 부적을 지니면 총알을 맞아도 죽지 않는다고 여기기도 했다. 이런 사실들이 작품을 구상하는 데 기반이 되었다.

자료 조사를 하면서 나는 잔 다르크와 의화단 세력이 아주 비슷하다는 것을 알게 되었다. 그녀는 조국을 침략한 외세에 대항하여 무엇이든 하고자 했던 가난한 소녀였다. 잔 다르크는 프랑스의 의화단인 것이다. 그녀 또한 이상한 믿음으로부터 힘을 얻었고 의화단 세력과 마찬가지로 항상 약자였다. 두 적은 서로 무척 닮았다.

진시황은 일곱 개로 나뉘어 있던 중국을 통일한 첫 번째 황제다. 만리장성을 쌓았고 스스로 만든 수많은 토기 병사들과 함께 묻혔다. 중국인들은 그에 대해 복잡

한 감정을 가진다. 중국을 통일한 것은 자랑스럽지만 그는 광적
인 폭군이었다. 수천 명을 학살했고 학자들을 생매장했으며 도
서관 전체를 불태웠다. 나는 진시황의 영혼이 수세기에 걸
쳐 중국을 배회하고 있다 생각한다. 특히 중국의 가장
어두웠던 시기에는 그 영혼이 더욱 드러났다. 마오
쩌둥은 자신을 진시황과 비교하길 좋아했다. 그
가 진시황보다 더 많은 학자들을 죽이고 더 많
은 책을 태워버린 것을 자랑하면서.

Q. 작품 곳곳에 유머러스한 장면도 많이
숨겨져 있어 놀랍다. 심각한 역사적 사건을 다루면서도 웃
음을 주기 위해 고민을 많이 했을 것 같다.

A. 웃음을 주려 한 장면들을 발견했다는 게 오히려
감사드릴 일이다. 이런 장면들로 분위기가 조금 밝아
지기를 기대했다. 적어도 나라도 그렇게 되고 싶었
다. 6년 동안 이 작업에 몰두하면서 매일 비극을 지
켜보느라 정말 힘들었다. 작업을 계속하기 위해서
는 나 자신에게도 웃을 시간이 필요했다.

Q. 두 권의 색채나 분량이 상이한데, 여기에도 특별한 의도가 있는 것인가?

A. 나는 이 두 권을 서로 완전히 다른 스타일로 만들고 싶었다. 『의화단 -소년의 전쟁』이 분량도 두 배 가까이 많고 색채도 훨씬 다양한데, 나는 『의화단 -소년의 전쟁』을 화려한 색채와 사실적인 전쟁 묘사가 가득한 고전적인 중국의 전쟁 서사시의 그래픽노블 버전처럼 만들고 싶었다. 이 책은 미국식 슈퍼히어로 만화의 영향을 많이 받았다.

『의화단 -소녀의 전쟁』은 분량이 더 적고 색채도 단조롭다. 이야기와 색채가 모두 절제되어있다. 자전적인 미국식 만화의 양식을 따랐다. 이 책은 좀 더 개인적인 이야기로, 일기처럼 읽히길 바랐다.

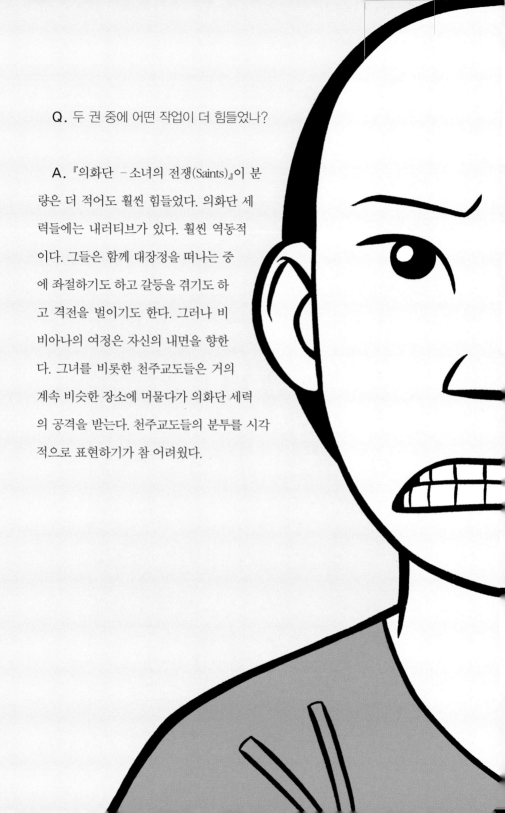

Q. 두 권 중에 어떤 작업이 더 힘들었나?

A. 『의화단 –소녀의 전쟁(Saints)』이 분
량은 더 적어도 훨씬 힘들었다. 의화단 세
력들에는 내러티브가 있다. 훨씬 역동적
이다. 그들은 함께 대장정을 떠나는 중
에 좌절하기도 하고 갈등을 겪기도 하
고 격전을 벌이기도 한다. 그러나 비
비아나의 여정은 자신의 내면을 향한
다. 그녀를 비롯한 천주교도들은 거의
계속 비슷한 장소에 머물다가 의화단 세력
의 공격을 받는다. 천주교도들의 분투를 시각
적으로 표현하기가 참 어려웠다.

문화, 종교 그리고 관용

끝나지 않은 이야기

Q. 가장 마음에 드는 장면을 꼽는다면 어떤 것인가?

A. 몇 년 전 박물관에서 관음보살을 그린 아름다운 옛 그림을 보았다. 관음

보살은 중국의 자비의 신이다. 후광이 빛나고, 손바닥 가운데 눈이 달린 수많은 손이 그녀 주위를 감싸고 있었다. 이 손은 관용의 상징이다. 그 많은 눈들은 관음보살이 끊임없이 고통을 살피고 있음을 보여주고, 많은 손들은 그 고통을 없애주려 함을 보여준다. 이 인상적인 손들이 내게는 십자가에 못 박힌 예수의 손처럼 보였다. 나는 그때부터 작품을 통해 이러한 공통점을 탐색하고 싶었고, 마침내 그 결과가 책으로 나오게 되어 정말 기쁘게 생각한다.

Q. 『의화단』에서 제기되는 질문들은 여전히 우리에게도 유효한 질문들인 것 같다. 종교, 극단주의와 관련하여 작품을 통해 전하고자 하는 메시지가 있다면?

A. 이 책이 다른 문화와의 관계를 좀 더 섬세하게 바라보는 데 도움이 되면 좋겠다. 충돌하는 방식에 대해서도 그렇지만, 다른 문화가 겹쳐지는 방식에 대해서도 생각을 열어줄 수 있다면 좋겠다. 유럽과 중국은 서로를 '타자'로 취급했다. 그러나 자료 조사를 하다 보니 이들 문화는 서로를 반영해나가고 있었다. 예를 들어 중국인들은 서양인들이 아기 눈을 뽑아서 그걸 갈아 약을 만든다는 미신을 믿는다. 이는 유럽인들이 얼마나 괴물 같은지를 보여주는 증거로 여겨졌다. 그런데 중국의 오래된 이야기 속 관음보살은 그녀 자신의 눈을 뽑아 아버지의 약으로 쓴다. 한편 유럽인들 사이에는 중국인들이 자기 자식을 신들을 위한 제물로 쓴다는 미신이 퍼져 있다. 이 또한 중국인들이 얼마나 괴물 같은가를 보여주는 증거로 여겨졌다. 그러나 예수는 아버지에 의해 희생당하지 않았나.

Q. 독자들이 이 책에서 무엇을 얻어가기 바라는가?

A. 독자들이 책을 보고 감명을 받아서 실제 역사적 사건을 살펴보게 되면 좋겠다. 의화단사건은 서구 세계에서는 별로 주목받지 못하지만 현대 중국에서는 여전히 반향을 일으키는 사건이다. 의화단운동, 그리고 중국의 식민지화 시절 발생한 모든 사건들은 여전히 중국의 대외정책에 중대한 영향을 미치고

있다. 중국이 경제적으로 발전하고 중미 관계 역시 발전하자 서구 역사 수업에서도 이 부분이 점점 더 중요하게 다뤄지고 있다.

　또한 이 책을 통해 언제나 갈등의 양쪽 면을 보게 되면 좋겠다. 인터넷 세대로 자란 아이들은 조금 과장된 정의감을 가지고 있다. 어른으로서, 이렇게 된 데는 나도 책임이 있다고 생각한다. 아이들이 이 책을 통해 관용을 배우고, 사물의 양면을 보게 된다면 그 부채감을 조금이나마 덜 수 있지 않을까 생각한다.

편집자 주

이상은 〈와이어드 매거진(WIRED Magazine)〉, 〈전미공영라디오(NPR)〉, 〈LA 타임스〉 등과의 인터뷰를 모아 편집한 내용이다.

의화단 소녀의 전쟁

지은이 | 진루엔 양
옮긴이 | 윤성훈
초판 1쇄 인쇄일 2014년 7월 11일
초판 1쇄 발행일 2014년 7월 18일

발행인 | 한상준
기획 | 임병희
편집 | 김민정 · 박민지
디자인 | 김경희 · 조경규
마케팅 | 박신용
종이 | 화인페이퍼
출력 | 소다프린트
인쇄 · 제본 | 영신사

발행처 | 비아북(ViaBook Publisher)
출판등록 | 제313-2007-218호(2007년 11월 2일)
주소 | 서울시 마포구 연남동 567-40 2층
전화 | 02-334-6123 팩스 | 02-334-6126 전자우편 | crm@viabook.kr
홈페이지 | viabook.kr

Korean translation copyright ⓒ 2014 ViaBook Publisher
ISBN 978-89-93642-65-0 04840